EVERYBODY KNOWS A CUNT CALLED

....

THERE'S NO 'I' IN TEAM BUT THERE IS A 'U' IN CUNT

TWUNT - BECAUSE SOMETIMES TWAT AND CUNT JUST DON'T CUT IT

IF YOU DON'T LIKE THE WORD 'CUNT', DON'T ACT LIKE A CUNT AND YOU WON'T BE CALLED A CUNT

THERE'S NO CURE FOR BEING A CUNT

SANTA THINKS YOU'RE A NAUGHTY CUNT

ABRACADABRA NOPE, YOU ARE STILL A CUNT

IN A WORLD FULL OF CUNTS, YOU'RE MY LEAST FAVOURITE

I'M NO GYNAECOLOGIST BUT I KNOW A DIRTY CUNT WHEN I SEE ONE

ONCE UPON A TIME THERE WAS A CUNT. IT WAS YOU. THE END.

YOU ARE ON SANTA'S CUNT LIST

TWAT YOU SAY?
I CUNT HEAR YOU

I DON'T HAVE TOURETTES, YOU'RE JUST A CUNT

EMBRACE THE GLORIOUS CUNT YOU ARE

I'VE TRIED TO
STOP SWEARING
BUT I CUNT

DON'T BE A CUNT-O-SAURUS

SIGNIFICUNT

A TOTAL CUNT
WHO THINKS
THEY'RE
IMPORTANT

UNDERNEATH YOUR TATTOOS YOU'RE STILL A MAINSTREAM CUNT

NAPS

BECAUSE IT'S

EXHAUSTING

BEING A CUNT

SORRY I DON'T SPEAK CUNTONESE

YOU HAD ME AT "I HATE THAT CUNT TOO"

A COFFEE A DAY KEEPS THE CRAZY CUNT QUIET

I'D CALL YOU A CUNT BUT YOU LACK THE WARMTH AND DEPTH

YOU'RE SUCH A HUGE CUNT THAT YOUR NICKNAME IS VAGISAURUS

ONCE A CUNT
ALWAYS A CUNT

YOU WOKE UP TODAY TO BE A MEDIOCRE CUNT

I SEE BEING A CUNT IS THE FIRST THING ON YOUR TO-DO LIST TODAY

ONE YEAR OLDER AND STILL A CUNT

DON'T BE A CUNT, EAT ONE INSTEAD

TWINKLE TWINKLE LITTLE STAR, WHAT A FUCKING CUNT YOU ARE

CHARLIE
UNIFORM
NOVEMBER
TANGO

YOU'RE A CUNT BUT YOU'RE MY CUNT

I DON'T HAVE THE ENERGY TO PRETEND I LIKE YOU CUNTS TODAY

BLUNTS
BEFORE CUNTS

I NEVER DREAMED YOU WOULD GROW UP TO BE A CUNT BUT HERE YOU ARE KILLING IT!

DON'T MAKE ME CUNT PUNT YOU

SEE NO CUNT, SPEAK NO CUNT, HEAR NO CUNT

YOUR OPINION IS IRRELEVANT BECAUSE YOU ARE A CUNT

LET IT FUCKING GO YOU CUNT

IF YOU CUNTS PRAYED FOR MY DOWNFALL, YOU SHOULD GET A REFUND

BEING PRETTY IS NOT LICENSE TO BE A CUNTY ASSHOLE

SHOUT OUT TO ME FOR NOT BEING A CUNT LIKE YOU

ONLY A FEW PEOPLE CARE, THE REST ARE JUST NOSEY CUNTS

I AM HIGH AND YOU'RE STILL A CUNT

TODAY'S MOOD IS CUNTY WITH A CHANCE OF SARCASM

ANYTHING YOU CAN DO I CAN DO BETTER UNLESS IT'S BEING A CUNT

HERE A CUNT THERE A CUNT EVERYWHERE A CUNT CUNT

THERE ARE TWO SIDES TO EVERY STORY, YOU'RE A CUNT IN BOTH OF THEM

YOU ARE A CUNT. YOU SHOULD FIX THAT.

WHO LEFT THE BAG OF CUNTS OPEN?

Made in the USA
Middletown, DE
13 December 2020